Une surprise pour
M. CURIEUX

MONSIEUR MADAME

MONSIEUR MADAME

Publié pour la première fois par Egmont sous le titre *Mr. Nosey and the big surprise.*
 Traduction : Anne Marchand-Kalicky.

Une surprise pour M. CURIEUX

Roger Hargreaves

hachette
JEUNESSE

Monsieur Curieux n'était pas le genre de personne à se mêler de ses affaires.

Non, il préférait plutôt se mêler des affaires des autres.

Il était aussi curieux que son nez était long.

Monsieur Curieux ne ratait jamais une occasion de regarder par un trou de serrure ou d'écouter aux portes… et probablement qu'il faisait souvent les deux en même temps !

Un jour, alors que monsieur Curieux se promenait dans la forêt, de l'autre côté de la ville, il entendit une porte claquer.

« C'est étrange », pensa-t-il.

Monsieur Curieux aperçut alors un mur derrière un arbre… un mur qu'il n'avait jamais remarqué auparavant.

Évidemment, monsieur Curieux ne pouvait pas passer devant un mur sans vouloir savoir ce qu'il y avait derrière.

Par chance, dans ce mur, il y avait une porte… une petite porte jaune.

Monsieur Curieux ne résista pas à l'envie d'ouvrir la porte et de regarder de l'autre côté.

De l'autre côté du mur, il y avait une petite maison avec une porte jaune.

Et dans cette maison, il y avait un ascenseur.

Monsieur Curieux monta dans l'ascenseur
et appuya sur le bouton.

L'ascenseur descendit,

descendit,

et descendit encore !

Le temps parut long à monsieur Curieux, très long !

L'ascenseur s'arrêta enfin et les portes s'ouvrirent sur un tunnel interminable avec une petite lumière au bout.

Monsieur Curieux emprunta donc le tunnel car cette fois, il était plus curieux que jamais.

Il avait vraiment hâte de découvrir où tout cela le mènerait.

Au bout du tunnel, il y avait une nouvelle petite porte jaune.

Puis, un autre tunnel.

« Ce qu'il y a au bout doit être vraiment extraordinaire ! » pensa monsieur Curieux en se dépêchant.

Il tomba encore sur une porte, grimpa un immense escalier et arriva face à sur un autre tunnel.

Monsieur Curieux était un peu perdu, mais il était certain d'approcher du but.

Il arriva devant une petite porte,

jaune comme toutes les autres,

sauf que celle-ci avait un trou de serrure.

Monsieur Curieux y glissa aussitôt son œil.

Ce qu'il aperçut n'était rien d'autre qu'une simple pièce blanche. Il ouvrit la porte et se retrouva effectivement dans une pièce blanche.

Toute blanche.

Sans rien d'autre !

Ni meuble.

Ni tapis.

Ni tableau.

Juste une pièce blanche.

Monsieur Curieux marcha dans la pièce.

De toute sa vie, il n'avait jamais été aussi déçu !

Il se retourna pour partir et c'est à ce moment-là qu'il aperçut un petit mot collé derrière la porte.

Et sur le mot, il était écrit :

Ah ! Ah ! Ah ! Signé : *Monsieur Farceur.*

Monsieur Curieux pesta et reprit alors le long chemin à l'envers pour rentrer chez lui.

Maintenant, si tu découvres un jour une petite
porte jaune au milieu de nulle part, tu sais
ce qu'il te reste à faire : passe ton chemin !

RÉUNIS VITE LA COLLECTION ENTIÈRE

1 MME AUTORITAIRE
2 MME TÊTE-EN-L'AIR
3 MME RANGE-TOUT
4 MME CATASTROPHE
5 MME ACROBATE
6 MME MAGIE
7 MME PROPRETTE
8 MME INDÉCISE

9 MME PETITE
10 MME TOUT-VA-BIEN
11 MME TINTAMARRE
12 MME TIMIDE
13 MME BOUTE-EN-TRAIN
14 MME CANAILLE
15 MME BEAUTÉ
16 MME SAGE

17 MME DOUBLE
18 MME JE-SAIS-TOUT
19 MME CHANCE
20 MME PRUDENTE
21 MME BOULOT
22 MME GÉNIALE
23 MME OUI
24 MME POURQUOI

25 MME COQUETTE
26 MME CONTRAIRE
27 MME TÊTUE
28 MME EN RETARD
29 MME BAVARDE
30 MME FOLLETTE
31 MME BONHEUR
32 MME VEDETTE

33 MME VITE-FAIT
34 MME CASSE-PIEDS
35 MME DODUE
36 MME RISETTE
37 MME CHIPIE
38 MME FARCEUSE
39 MME MALCHANCE
40 MME TERREUR
41 MME PRINCESSE

DES **MONSIEUR MADAME**

Édité par Hachette Livre – 43, quai de Grenelle, 75905 Paris Cedex 15
ISBN : 978-2-01-2200-937
Dépôt légal : juin 2013
Loi n°49-956 du 16 juillet 1949 sur les publications destinées la jeunesse.
Imprimé par IME (Baume-les-Dames), en France.